GUÍA DE LECTURA

Escrita por Lina María Sánchez

Una vuelta de tuerca

de Henry James

Entiende fácilmente la literatura con

ResumenExpress.com

www.resumenexpress.com

HENRY JAMES

LO FANTASMAGÓRICO O LO ALUCINANTE

- **Nacido en 1843 en Nueva York (Estados Unidos)**
- **Fallecido en 1916 en Londres (Inglaterra)**
- **Algunas de sus obras:**
  - *El americano* (1877), novela
  - *Retrato de una dama* (1881), novela
  - *Los papeles de Aspern* (1888), novela
  - *Los embajadores* (1903), novela

Henry James, un escritor estadounidense nacionalizado británico, es reconocido por sus obras de ficción de análisis psicológico y por sus trabajos de crítica literaria. La posición social de su familia le permitió educarse entre Estados Unidos y Europa y, aunque James nunca llegó a ser rico, pudo frecuentar las reuniones celebradas por los ingleses acaudalados y entender sus pasiones y motivaciones. Esto influenciaría una parte de su obra. James vivió en Nueva York, París, Ginebra y Sussex, y finalmente se estableció en Londres.

En 1876, James ya se encontraba residiendo indefinidamente en Europa, y allí se quedaría escribiendo ficción y crítica y dictando clases hasta 1916, año en que murió. En 1915, James se había nacionalizado británico como protesta ante la negativa estadounidense de ayudar a los aliados en la Primera Guerra Mundial.

El estilo de Henry James es ampliamente conocido, especialmente el de la última etapa de su vida, pues a lo largo de sus obras hay una transmutación: pasa de un estilo directo y claro a uno con oraciones largas, digresivas y excesivamente descriptivas. Este es el caso de *Una vuelta de tuerca*, en el que no solo se mezclan lo sobrenatural y lo real, sino que también se usa la técnica del punto de vista, que abre un campo de análisis de los personajes desde el interior y que hace que haya largos pasajes descriptivos, a veces incomprensibles.

UNA NOVELA DE TENSIÓN

- **Género:** novela gótica
- **Edición de referencia:** James, Henry. 2006. *Una vuelta de tuerca*. Madrid: Ediciones Cátedra
- **Primera edición:** 1898
- **Temáticas:** inocencia y conocimiento, fantasmas y alucinaciones, sexualidad y clase social

A una joven institutriz se le encarga la enseñanza y el cuidado de dos niños huérfanos en una mansión aislada en Essex, Reino Unido. El tío, que ahora tiene la custodia de los huérfanos, delega a la institutriz la formación y el cuidado de los niños con el único compromiso de no ser molestado ni informado de nada de lo que suceda en Bly. A la joven mujer esa oportunidad de trabajo se le presenta como una gran posibilidad para explorar el campo. Pero poco después, esa oportunidad se convertirá en una obsesión por la belleza y en una pesadilla delirante.

Una vuelta de tuerca ha influenciado todas las artes, desde las literarias hasta las plásticas y las escénicas, porque ha sido el pilar de una nueva forma de narrar, al utilizar la técnica del punto de vista. La novela se introduce desde el punto de vista del narrador y de su estado mental y a partir de allí se cuenta una historia y se logra un análisis psicológico detallado del ente narrativo.

El estado mental de los personajes de esta obra no es claro: pueden estar mintiendo, pueden estar dementes o pueden estar poseídos. Dependiendo de la lectura que se haga, cualquier opción puede ser posible y, cada vez que se lea, se le puede dar, como bien dice el título, «otra vuelta de tuerca» a la novela.

RESUMEN

«LA HISTORIA QUE NOS HABÍA MANTENIDO ALREDEDOR DEL FUEGO»

En una celebración navideña en el campo, donde parte de la fiesta consiste en contar historias de fantasmas, Douglas lee la historia de la institutriz, aduciendo que será una pesadilla tremenda para todos y que, además, es cierta. En este primer pasaje existe un grupo de espectadores que se mantiene alrededor del fuego esperando a que Douglas lea la historia de su amiga, la institutriz. Cabe resaltar que este apartado es especialmente importante porque se pone en evidencia que ella murió hace veinte años y que, aunque sea una historia de fantasmas, también es una narración en la que tienen cabida el amor y el sexo, y que es, a fin de cuentas, una pesadilla horrible o un peligro mortal.

En los diálogos de esta parte se plantearán algunas de las preguntas que después deberá intentar responder la institutriz actual con la ayuda de la señora Grose: ¿cómo murió la institutriz anterior?, ¿cuáles eran las condiciones del contrato entre el tío acaudalado y la candidata al trabajo?, ¿de quién estaba enamorada la institutriz?, ¿por qué trabajar en Bly podría ser un peligro mortal?, ¿qué es lo que nos va a aclarar la historia?

LLEGADA A LA MANSIÓN BLY

Debido a la muerte de sus padres en India, Flora y Miles terminan huérfanos, al cuidado de su tío. El tío decide enviarlos al campo, que será bueno para ellos —y también para él, pues no tendrá que verlos—. Por eso, busca a una institutriz que se haga cargo de sus sobrinos y que los instruya, y en esa búsqueda encuentra a la narradora de nuestra obra: ella acepta el trabajo porque encuentra al tío muy atractivo. Incluso quizás piense que podrá volver a verlo. Y lo hará, pero solo una vez más.

La institutriz llega a la mansión Bly en junio y queda instantáneamente impresionada con la casa y con la belleza, bondad e inocencia de Flora. Miles, desde Londres, llega un par de días después, con una carta de la escuela, sin abrir y reenviada por su tío. En cuanto la institutriz conoce finalmente a Miles cae en una especie de hechizo:

> «Era increíblemente guapo, la señora Grose había dado en el clavo: en su presencia no había lugar para ningún otro sentimiento que no fuera una especie de ternura apasionada hacia él. Lo que de inmediato me arrebató el corazón, fue algo definitivo que nunca había visto hasta ese punto en ningún otro niño... aquella impresión indescriptible de que no conocía nada de las cosas de este mundo salvo el amor» (James 2006, 122).

UNA SERIE DE SUCESOS EXTRAÑOS

No pasa mucho tiempo hasta que en la mansión Bly comienzan a suceder extraños eventos. En un momento inexplicablemente silencioso, la institutriz ve a un hombre en una de las dos torres que salvaguardan la casa. Unos días después hay una segunda aparición: en esta ocasión, la institutriz ve a un pelirrojo que la mira fijamente desde la ventana del comedor. En ese momento, ella decide ser valiente y sale en busca del intruso, pero no lo ve y solo logra asustar a la señora Grose. Sin embargo, a partir de ese suceso, la institutriz comienza a hacerle preguntas a su futura cómplice, quien le afirma que la descripción que ha dado del intruso encaja con Peter Quint, el criado fallecido. Aún con la maldad y lo sobrenatural rondando la mansión Bly, la institutriz cree que ella y la señora Grose pueden afrontar la situación juntas.

Con el tiempo, la institutriz se dará cuenta de que Peter Quint se tomó muchas libertades con todos los de la casa, con la casa misma e incluso con la anterior institutriz, la señora Jessel. Y que, bajo disposición de la última, Miles y Peter Quint pasaban demasiado tiempo juntos. Aunque esto nunca se dice de forma explícita, parece que esta es una relación perversa y posiblemente de índole sexual.

Una noche, mientras lee *Amelia*, la institutriz siente algo extraño y va al corredor. Allí se encuentra con Quint, quien pronto se desvanece. Entonces la mujer revisa la habitación en donde está Flora y la ve mirando fijamente hacia la ventana, como lo seguirá haciendo durante las siguientes once noches. Días después, encontrará a Miles afuera de la casa, mirando hacia una de las torres. A la pregunta de por qué estaba fuera, el niño responde que debía ser «malo». Si en esta novela la relación entre maldad y bondad está estrechamente vinculada con la relación entre infancia y adultez y con la de conocimiento e inocencia, ¿de qué se tratará la maldad de la que habla Miles? La institutriz comienza a creer que los niños pueden ver a sus «amigos», los dos fantasmas, incluso cuando ella no puede; es decir, que

Miles y Flora son capaces de acceder a algo a lo que ella solo tiene un acceso limitado, pues se trata de una situación de la que es parcialmente consciente, pero que no entiende a cabalidad.

Páginas después vemos cómo, parados frente una iglesia, Miles y la institutriz sostienen una conversación en la que Miles hace evidente su deseo por asistir a un nuevo colegio. Es sabido por todos en la casa que la regla más importante es que el tío no puede ser molestado. Así que Miles, quizás intentando ser malvado, reta a la institutriz a comunicarse con él. Esta confrontación, que Miles modela dentro de unos estándares de compostura exquisitos, genera en la institutriz el deseo de irse y nunca volver a la mansión. Sin embargo, cuando llega sola a Bly para buscar sus pertenencias y marcharse definitivamente, se da cuenta de que la señora Jessel está sentada en su escritorio. ¿Es un reto o es una petición? La institutriz, tras esta visión, decide quedarse.

Los dos niños son cada vez mejores en sus clases. Un día, mientras Miles toca el piano con gran destreza para deleite de la institutriz, ella se percata repentinamente de que no ha visto a Flora desde hace un buen rato. Alerta a la señora Grose y, al no hallarla en casa, ambas van al campo en su búsqueda. ¿A dónde ha ido? La institutriz se siente inspirada o jalonada por una premonición, y se dirige con Grose al lago en el que una vez apareció la señora Jessel, donde parece no haber nadie. Sin embargo, el barco no aparece tampoco y, en un arrebato de fuerza de la institutriz, deciden darle la vuelta al lago y finalmente encuentran a Flora. Entonces la institutriz ve a la señora Jessel, pero ni la señora Grose ni

Flora la ven. La narradora pierde la compostura y sentencia que Flora puede, en efecto, ver a la señora Jessel y que está mintiendo. Este arrebato no es propio de las maneras de la institutriz, quien suele tratar a Flora con suavidad y comprensivamente. Esta vez, sin embargo, la juzga porque está convencida de que Jessel existe y de que Flora, aunque la puede ver, miente. El desespero de la narradora radica en que en ese momento Flora es un ser independiente, impermeable, inaccesible y adulto. En la confrontación Flora automáticamente vuelve a ser una niña, busca refugio en la señora Grose y le pide que la aleje de la institutriz. ¿Qué está escondiendo realmente? Así como existe la posibilidad de que la niña haya querido ir a jugar sola al lago, también puede ser que esté escondiendo una relación maligna entre los vivos y los muertos. La institutriz dice que Flora está poseída porque hace cosas de adultos. Pero es comprensible: Flora parece moverse entre la niñez y la adultez con una facilidad que, sea sobrenatural o no, sí es sombría.

La institutriz le pide a la señora Grose que se lleve a Flora a Londres a visitar a su tío, ya que la niña comienza a enfermarse. De esta manera, la narradora tendrá tiempo para hablar directamente con Miles sobre los extraños acontecimientos que ocurren en Bly —o en su cabeza—. Después de una larga e intensa conversación con Miles, la institutriz ve a Peter Quint en la ventana del comedor, como la primera vez, cuando pensó que era un hombre vivo. Miles pregunta si está la señora Jessel ahí y, ante la negativa, pregunta si está «él». La institutriz está contenta con la confesión de Miles y lo abraza intentando protegerlo de Quint pero, en el momento en que la aparición se desvanece, el corazón de

Miles deja de latir.

ESTUDIO DE LOS PERSONAJES

LA INSTITUTRIZ

De ella, la narradora, no conocemos el nombre, y solo se sabe que en algún momento se fascinó por alguien o algo en Londres. Antes de que llegue a la mansión Bly, con una fuerza tácita, se empiezan a destapar ciertas de sus angustias. Se da a entender de forma implícita que la institutriz podría tener fuertes represiones sexuales, exaltadas de golpe por la atracción que siente por el tío de los niños, su jefe. Esto también hará que su horror frente a la extraña relación entre Miles y el criado Peter Quint sea aún más severo. Asimismo, cabe destacar que, antes de llegar a Bly, también se hace evidente que está tensa por la clara diferencia de clases sociales a la que se enfrentará.

Además, la institutriz parece dueña de un poder sensitivo extraño: siente los espíritus de la casa antes de poder verlos. Es difícil tener la certeza de si los acontecimientos son como los cuenta la institutriz, el único personaje con el poder de narrar la historia, o de si son, por el contrario, el producto de sus alucinaciones. No sabemos si los fantasmas existen o si ella se los imagina y llega a intrincadas conclusiones sobre las relaciones entre los demás personajes residentes de Bly. Lo más acertado sería decir que se trata de ambas cosas al mismo tiempo y que, debido a estos acontecimientos, la institutriz sufre una suerte de transformación: se vuelve una mujer valiente, capaz de enfrentarse incluso a lo sobrenatural.

FLORA

Flora, la más pequeña de los hermanos, tiene una belleza notable que encantará desde el primer momento a la institutriz. Tiene una estrecha relación con la señora Grose, pero aún más cercana con la señora Jessel, su institutriz anterior. La niña es un personaje inquietante en la medida en que, aunque tiene la belleza de la inocencia, también es perfectamente independiente, tanto que no necesita de la institutriz ni de la señora Grose para meterse en sus propias historias y vivir en un mundo autónomo, del cual estas dos señoras son sólo espectadoras.

Esa suerte de independencia se percibe también como un misterio aterrador, porque no es posible acceder a Flora. Y ella, como cualquier otra niña de su edad, necesita la guía de algún adulto. Será la propia institutriz quien pondrá en evidencia que la niña se ha vuelto una adulta y ha sido corrompida o poseída por la señora Jessel.

MILES

Miles es un niño de diez años de una belleza cautivadora. Tuvo que regresar a la mansión Bly antes de vacaciones porque fue expulsado del colegio, ya que se dedicaba a contar historias fantasmagóricas a sus compañeros de clase. Miles es mucho más accesible a la institutriz y al diálogo, y esto reside, quizás, en que es mayor que su hermana.

Sus modales altamente refinados silencian a la institutriz, y no le permiten expresar o preguntar lo que realmente desea de una manera directa. Altamente inteligente, al igual que su hermana, a Miles no le es difícil mantener conversaciones con la institutriz como si fuera un adulto. Hay poco en él que revele la inocencia de un niño de diez años. Miles confía plenamente en su capacidad para ser malvado, aunque esta cualidad maligna no queda del todo especificada. ¿De qué se trata esta maldad y de dónde viene? Uno de los posibles acercamientos a la cuestión tiene que ver con la relación sexual entre él y Quint, o con la relación fantasmagórica con Quint y con Jessel.

LA SEÑORA GROSE

La señora Grose ha estado al cuidado de la casa y al servicio de la familia por un largo tiempo, e incluso fue la niñera de la abuela de los niños. Es una mujer a la que la institutriz describe como buena, robusta, sencilla, limpia y franca. Grose actúa como una aliada constante de la institutriz, y es su gran apoyo. Siempre está dispuesta a escuchar las angustias de la institutriz y a acompañarla en sus misiones sombrías, así como a contarle lo que sabe de lo que pasó antes de su llegada a Bly.

Desde el principio, la señora Grose está contenta de que la institutriz haya llegado a la mansión. La narradora pronto descubrirá que Grose estuvo muy intranquila con la relación que Jessel y Quint mantuvieron con Flora y Miles, y que por eso está aliviada con su presencia y se muestra servicial y como una aliada infalible. Sin embargo, a la señora Grose le cuesta creer que los niños estén poseídos por los espíritus de aquellos ya muertos.

A pesar de ser analfabeta, la señora Grose será la que tendrá el poder para contar, a pedazos, la historia de la mansión Bly, las extrañas relaciones entre los dos niños y Quint y Jessel, y la muerte misteriosa de estos dos últimos. Es la misma señora Grose la que pone de manifiesto lo «sobrenatural» en esta historia: cuando la institutriz describe el personaje que vio por la ventana —que para ella podría haber sido perfectamente un hombre curioso que visita una casa hermosa, o un pariente extraño y quizás demente, pero real— es la señora Grose la que sentencia que es un hombre muerto, Peter Quint.

LA SEÑORA JESSEL

Con sus apariciones se sabe que está angustiada, que posiblemente aparenta más años que los que tuvo y que viste de luto. También se sabe que murió después de haber renunciado a su trabajo, pero las circunstancias de su muerte son poco conocidas. Para la señora Grose ella era malévola, quizás porque sostuvo una relación romántica con un criado. De hecho, en la obra está claro que la señora Grose está molesta porque Jessel y Quint son de diferente estatus social y no deberían haber estado juntos.

Por otro lado, según la institutriz, la señora Jessel existe como fantasma y busca poseer a Flora. Las posibles apariciones de Jessel suceden normalmente cerca de un lago. En ellas, la mujer está parada en la otra orilla, inaccesible y observadora, como si estuviera un paso por delante de los vivos o como si la presencia de la nueva institutriz la mantuviera lejos de la mansión. Solo cuando la institutriz decide marcharse de Bly, Jessel aparece dentro de la casa.

Esto podría deberse a una rivalidad entre ambas.

La señora Jessel nunca habla, lo que resulta curioso: puede ser una aparición infernal o también puede encajar con una construcción visual elaborada por la angustiada y quizás demente imaginación de la institutriz. ¿Es un fantasma o es una alucinación de la institutriz auspiciada por la señora Grose? Es difícil saberlo con certeza.

PETER QUINT

Es el difunto criado pelirrojo. Se tomaba demasiadas libertades con todos los residentes de la mansión Bly y con sus pertenencias, e incluso llegó a usar la ropa del tío de los niños sin su permiso. Esto puede estribar en una búsqueda por escalar socialmente, quizás para estar a la altura de Jessel o para demostrar dominación sobre la casa que limpiaba y sus residentes. Quint mantuvo una relación con la institutriz anterior y su cuerpo fue encontrado sin vida al lado de una carretera después de haber renunciado al trabajo como conductor y jardinero. Eso es todo lo que sabemos realmente de él. Incluso en las apariciones no se desarrolla un personaje, sino un misterio. Las descripciones de Grose no lo detallan como ente vivo, o como personaje, sino como un ser maligno, en términos más generales. Estas descripciones están llenas de angustia, que se le transmite fácilmente a la institutriz.

Según la institutriz, Quint busca poseer a Miles. Según la señora Grose, Quint pasaba demasiado tiempo con el niño. En la primera aparición que ve la institutriz, Quint está en la ventana de una de las torres guardianas de Bly, y en la segunda la vigila de cerca desde la ventana que da hacia el comedor. En sus apariciones constantes se hace aún más fantasmagórico porque siempre está en un lugar afuera de donde está la narradora, y ella, aun cuando intenta ir al mismo lugar en el que él está, no lo logra.

En su última aparición Peter Quint, según la escueta descripción de la institutriz, le quitará la vida a Miles en su necesidad de poseerlo.

EL TÍO

Increíblemente atractivo, de modales exquisitos y con gran talento para tratar a las mujeres, el tío de los dos niños logra que la institutriz, evidentemente atraída hacia él, decida cuidar a Flora y a Miles y se haga cargo de la casa bajo el compromiso de no molestarlo. Es un personaje del que no se sabe mucho, pero anda rondando constantemente la casa con su particular requerimiento.

DOUGLAS

Douglas es el encargado de leer en voz alta el manuscrito de la institutriz, así como de abrir formalmente el mundo de lo narrado en la novela. Es poco lo que conocemos de él, pero sabemos que tuvo una relación especial con la institutriz, diez años mayor que él y que, además, la mujer había educado a su hermana.

CONSIDERACIONES FORMALES

ESTILO

Una vuelta de tuerca es una historia dentro de una historia. La narración de la institutriz, un manuscrito con un único y debatible punto de vista, es leída en una situación particular: en el campo, para una celebración navideña, a un grupo de personas que pasa el tiempo contando historias de fantasmas. Douglas advierte que tiene entre sus pertenencias una de las historias más aterradoras, una muy parecida a una pesadilla hecha solo de otras pesadillas, y que además fue escrita por una mujer que murió hace más de veinte años. Esto último no solo le da a la narración un contexto temporal, sino que también la dota de tensión narrativa.

El estilo interior de este libro le permite al lector adentrarse en las marañas psicológicas del ente narrativo y entenderlo solo bajo ese punto de vista. Aunque la lectura está abierta a diferentes tipos de interpretación, al mismo tiempo la novela está encerrada en la psicología del personaje que narra, ya que la mayor parte del relato está condicionado bajo su punto de vista. La primera parte sirve como balance de la obra y funciona para darle un contexto más amplio al manuscrito, al tiempo que le da una atmósfera fantasmagórica y le atribuye veracidad.

En términos de estilo, *Una vuelta de tuerca* puede considerarse una novela gótica, puesto que en ella pulula un sentimiento fantasmal y terrorífico. Aun cuando la sensación de pesadilla diabólica existe solo en el interior de las percepciones de la narradora, las apariciones fantasmales, las torres que salvaguardan una mansión estilo victoriano y la relación que se puede sostener con dos niños extrañamente independientes y quizás poseídos le otorgan a esta novela el carácter gótico. Sin embargo, está claro que, aunque la obra de James presenta características de novela gótica, también incursiona en otro tipo de género, como el psicológico; el interés mayor recae en si, en efecto, la institutriz es presa de acontecimientos fantasmales o si, por el contrario, es presa de sus propias alucinaciones.

ESTRUCTURA

Una vuelta de tuerca se construye a partir de dos niveles de escritura. El más externo es el que marca el contexto de lectura de los sucesos en la mansión Bly, y se basa sobre todo en el diálogo que mantienen los invitados a la celebración de Nochebuena. Al principio, los asistentes se dedican a contar historias de terror, pero Douglas abre el mundo de *Una vuelta de tuerca* al contarle a los invitados sobre la existencia de una historia guardada en un cajón con llave y que no ha visto la luz desde hace años: es la historia de una mujer que murió hace veinte años y que presenció sucesos horrorosos en una lujosa mansión en el campo. En este clima de expectativa, que es también el nuestro, los invitados escucharán atentamente la historia que Douglas narrará a continuación.

El segundo nivel de narración es, por supuesto, el manuscrito, que contiene lo vivido por la institutriz en la mansión Bly. El manuscrito, en esta misma línea, permite conocer el desarrollo del personaje de la mujer y cómo enfrenta la horrible situación que está a punto de narrarnos.

TEMÁTICAS Y CLAVES DE LECTURA

INOCENCIA Y CONOCIMIENTO

A lo largo de la novela, es posible percibir una tensión entre inocencia y conocimiento. Por ejemplo, da la sensación de que la institutriz piensa que, debido a que la señora Grose tiene poca formación académica, no puede existir en ella ninguna maldad. Por lo tanto, siguiendo con esta línea de pensamiento, la señora Grose no podría engañar ni mentir, porque al ser analfabeta es, por decirlo así, más pura. ¿Qué pasaría si la señora Grose estuviera mintiendo? ¿Se puede confiar en ella solo porque parece buena y es iletrada?

Las experiencias en Bly cambian, de cierta manera, la forma de pensar de la institutriz. Ella, al contrario de la señora Grose, ve a los fantasmas de Quint y Jessel y, frente a esta actitud, el ama de llaves se muestra escéptica y solo escucha. Sin embargo, a pesar de no estar de acuerdo, el conocimiento de la institutriz —que como ya mencionamos es mayor que el de Grose— hace que la anciana termine por aceptar las visiones de la institutriz, aunque no necesaria-mente crea en ellas:

> «La había convertido en un receptáculo de cosas espeluznan-tes, pero en su paciencia había un extraño reconocimiento de mi superioridad... mis talentos y mi función» (James 2006, 190).

En el caso de los dos niños, se podría pensar que por sus eda-des aún son inocentes y que necesitan la guía de un adulto, y eso haría que la relación entre ellos y Jessel y Quint estuviera mediada por el poder. Sin embargo, al final de la obra se hace evidente que tanto Flora como Miles han crecido y se han convertido en adultos de cuerpos pequeños. Parece, además, que los que les robaron la inocencia fueron Jessel y Quint, tanto en vida como después de sus muertes.

Como mencionamos anteriormente, los dos niños son perfectamente independientes y son capaces de vivir en un mundo que está gobernado solo por ellos y que no necesita de nadie más. La institutriz y la señora Grose no son invitadas a ese mundo y son sólo observadoras de un acertijo. Con el tiempo, la institutriz se percata de que tanto Flora como Miles no solo tienen una capacidad intelectual envidiable y unos modales exquisitos, sino que también se comportan con ella como si fueran adultos, aunque la institutriz sea su maestra y su superior. Miles, especialmente, es capaz de mantener con ella una conversación intrincada y llena de silencios, como si se tratara de dos adultos que no quieren decírselo todo sino que esperan que el otro diga algo para tener más información.

En el caso específico de esta obra, el conocimiento tiene mucho que ver con la capacidad intelectual —el saber matemáticas, el saber leer y escribir—, pero también con una aproximación a la edad adulta. ¿Quiénes son los que tienen conocimientos? Los adultos. Y ¿qué conocen? No solo asuntos académicos. En la novela el conocimiento también es sinónimo de perversión y esta connotación se hace evidente con la transición de los niños a la adultez, ya sea mediante una posesión o mediante un posible abuso sexual que queda explicado entre líneas. La institutriz, por el contrario, debe luchar contra eso que no conoce, debido a que en la novela es la que menos experiencia sexual tiene. Su lucha se libra contra lo natural, pero también contra aquello que desconoce: el sexo.

FANTASMAS Y ALUCINACIONES

¿Existen los fantasmas en esta historia? Partiendo de esta pregunta sencilla se pueden dar muchas claves para diferentes lecturas. Y es que es fácil ver fantasmas cuando se cree en ellos. Es difícil, por el contario, saber si son alucinaciones o si en realidad existen fuera de la imaginación, ya que el límite no es fácil de encontrar.

En esta obra los fantasmas existen y no existen. La constante ambigüedad entre lo real y lo ficcional, lo auténtico y lo sobrenatural resulta en una paradoja. En *Una vuelta de tuerca* el observador, o el lector, es quien puede conocer el estado real de la obra; él es quien puede identificar si se trata de alucinaciones o de algo sobrenatural. Sin embargo, una buena forma de acercarse a esta ambigüedad podría ser, también, una superposición de las dos alternativas.

SEXUALIDAD Y CLASE SOCIAL

En ciertos pasajes de la obra se crea la sensación, nunca explícita, de que Peter Quint se ha tomado excesivas libertades con la casa, con sus habitantes y especialmente con Miles. Estas excesivas libertades posiblemente también hayan sido de índole sexual.

Además de esto, la sexualidad en esta obra está estrechamente vinculada a la diferencia de clases. Una de las quejas de la señora Grose es que la señora Jessel estaba muy por encima del criado Quint y, aun así, mantuvo una relación amorosa con él. Peter Quint, también en su búsqueda por acceder a una clase social más alta, usaba incluso la ropa del tío de los niños.

La atracción que siente la institutriz por el tío de Flora y Miles es explícita, y esa es una de las pocas cosas seguras de la obra. Esa atracción está vinculada también a su desconocimiento del sexo: está atraída por algo que no conoce.

PISTAS PARA LA REFLEXIÓN

ALGUNAS PREGUNTAS PARA PROFUNDIZAR EN SU REFLEXIÓN...

- ¿Cree usted que existen los fantasmas en la historia o que son alucinaciones de la institutriz?
- ¿Por qué cree que el tío ordenó que no le molestaran nunca?
- ¿La señora Grose puede estar celosa de la institutriz?
- ¿En la novela, la institutriz es la heroína o la villana?
- ¿Qué papel cumple la belleza en la novela?
- ¿Qué papel cumple la sexualidad en la novela?
- ¿A qué se refiere la expresión «vuelta de tuerca» en la novela?
- ¿Cuál es la importancia de la escritura en la novela?
- ¿Qué sucedería si la señora Grose estuviera mintiendo? ¿Cómo cambiaría esto la lectura del texto?
- ¿Por qué cree que la institutriz prefiere resolver todo el problema sola y no contarle la situación al tío de los niños?

¡Su opinión nos interesa!
¡Deje un comentario en la página web de su librería en línea
y comparta sus favoritos en las redes sociales!

PARA IR MÁS ALLÁ

EDICIÓN DE REFERENCIA

- James, Henry. 2006. *Vuelta de tuerca*. Madrid: Ediciones Cátedra.

ESTUDIOS DE REFERENCIA

- Bryson, Alice. 2006. "Depths of Deception: Mrs. Grose and the Governess". Artículo académico, Serendip. Consultado el 11 de febrero de 2017. http://serendip. brynmawr.edu/sci_cult/courses/emotion/web1/abryson. html
- Parkinson, Edward. s. f. "The Turn of the Screw. A History of Its Critical Interpretations 1898-1979". Artículo académico. Consultado el 15 de febrero de 2017. http://www.turnofthescrew.com/ch1.htm

LECTURAS RECOMEDADAS

- Edel, Leon. 1985. *Life of Henry James*. Harmondsworth: Penguin Books.
- Leithauser, Brad. 2012. "Ever scarier: on 'The Turn of the Screw'". *The New Yorker*. 29 de octubre. Consultado el 13 de febrero de 2017. http://www.newyorker.com/books/ page-turner/ever-scarier-on-the-turn-of-the-screw

ADAPTACIONES

- *The Innocents*. Dirigida por Jack Clayton, con Deborah

Kerr, Pamela Franklin, Martin Stephens y Peter
Wyngarde. Reino Unido: 20th Century Fox, 1961.
- *The Nightcomers*. Dirigida por Michael Winner, con
Marlon Brando, Stephanie Beacham, Thora Hird, Harry
Andrews y Anna Palk. Reino Unido: AVCO Embassy
Pictures, 1971.